1902. Mars. 17

VENTE

des Lundi 17 et Mardi 18 Mars 1902

HOTEL DROUOT, SALLE N° 1

A 2 HEURES 1/4

BEAU MOBILIER

ARTISTIQUE

MARBRES IMPORTANTS

TABLEAUX - BRONZES

ANCIENNES TAPISSERIES

Me F. LAIR-DUBREUIL	M. Arthur BLOCHE
COMMISSAIRE-PRISEUR	EXPERT PRÈS LA COUR D'APPEL
Successeur de Me G. DUCHESNE	
6, Rue de Hanovre	28, Rue de Châteaudun

EXPOSITION PUBLIQUE

Le Dimanche 16 mars 1902, de 2 h. à 5 h. 1/2.

CATALOGUE

D'UN

BEAU MOBILIER

ARTISTIQUE

Salons en Tapisserie et en Soierie Style Louis XVI

Salles à manger, Chambres à coucher
Boudoir, Bibliothèque, Vestibule, Hall, etc., etc.

Meubles Anciens et de Style

2 MARBRES IMPORTANTS

Bustes Historiques, Groupes Allégoriques aux Saisons
Bronzes d'Art et d'Ameublement
Porcelaines — Terres Cuites — Faïences

ANCIENNES TAPISSERIES

TABLEAUX ANCIENS ET MODERNES
Gravures

DONT LA VENTE AURA LIEU

HOTEL DROUOT, SALLE N° 1
Les LUNDI 17 et MARDI 18 MARS 1902, à 2 h. 1/4

Mᵉ F. LAIR DUBREUIL	**M. Arthur BLOCHE**
COMMISSAIRE-PRISEUR	EXPERT
Successeur de Mᵉ Duchesne	Près la Cour d'Appel
6, *rue de Hanovre*	*28, rue de Châteaudun*, 28

Chez lesquels se trouve le présent catalogue

EXPOSITION PUBLIQUE
Le Dimanche 16 Mars 1902
DE 2 HEURES A 5 HEURES 1/2

CONDITIONS DE LA VENTE

Elle sera faite expressément au comptant. Les acquéreurs paieront *dix pour cent* en sus des enchères.

Il ne sera admis aucune réclamation une fois l'adjudication prononcée

Paris. — Imprimerie Ménard et Chaufour, 8-10 rue Milton.

DÉSIGNATION

MEUBLES

1 — Très beau meuble de salon composé d'un canapé et quatre fauteuils de style Louis XVI,en bois finement sculpté et doré, dossiers à médaillons, dessins à rubans enroulés, rais de cœur et nœuds festonnés, pieds cannelés enveloppés de feuilles d'eau, couverts en tapisserie d'Aubusson offrant des brûle-parfums, des vases fleuris au milieu d'élégants rinceaux enguirlandés de fleurs, fond blanc, contrefond rose.

2 — Grande bergère à oreillons, style Louis XVI en bois sculpté et doré, dessin double raies de cœur et perlé, couverte gainée et avec coussin en satin blanc rayé et semé de bouquets de fleurs brodés.

3 — Bergère à oreillons, style Louis XVI, en bois sculpté et doré, dessin à guirlandes de feuillages

enroulées, raies de cœur et perlé, couverte, gainée, et avec coussin en soierie blanche, **fond** damassé et broché à guirlandes de roses s'entrecroisant.

4 — Paravent à trois feuilles en bois sculpté et doré, garni de soierie brochée. Style Louis XVI.

5 — Grand meuble du temps de Louis XVI d'aspect architectural en bois d'acajou formant bureau avec armoire à deux portes au-dessus, décorées de médaillons et de guirlandes, forme commode à trois tiroirs dans le bas. Le haut à fronton sculpté, les côtés à colonnettes avec chapiteaux.

6 — Console du temps de Louis XVI, en bois d'acajou à pieds cannelés, ornés de filets de cuivre, dessus en marbre blanc, avec galerie.

7 — Petit guéridon forme dite Récamier en bronze ciselé, doré, pieds fond bleui enguirlandés de feuillages reliées par un croisillon à rosace, bandeau à guirlandes entrelacées et mascarons, dessus en marbre, brocatelle d'Espagne.

8 — Belle commode du temps de la Régence, tout en marqueterie de bois, forme ventrue, ornée de chutes à figures et feuillages, de poignées et entrées de serrures en bronze.

9 — Bureau de dame ouvrant à rabat formant commode, en bois d'acajou orné de filets de cuivre, dessus avec galerie. Style Louis XVI.

10 — Très petite table forme Louis XV, en marqueterie de bois rose à bouquets et jetées de fleurs, ouvrant à un tiroir sur le côté, sabots en bronze à rocailles.

11 — Meuble de salon de style Louis XV, en bois sculpté rehaussé d'or, dessin à rocailles, couvert de soierie crème brochée à grandes fleurs, composé d'un canapé, deux fauteuils et deux chaises.

12 — Six chaises à hauts dossiers de style xvie siècle, recouvertes de cuir avec dessin rehaussé d'or, à rinceaux feuillagés et fleuris, bois sculpté.

13 — Petit secrétaire Louis XVI en bois de luxe et marqueterie, entrées de serrures en bronze ciselé et doré, dessus en marbre gris veiné.

14 — Meuble à deux corps d'aspect architectural en marqueterie de Florence, s'ouvrant dans le bas à une porte pleine, le haut à étagère, avec petites portes sur les côtés, ornées de colonnes torse surmontées de chapiteaux corinthiens en bronze doré, fronton orné de cassolettes Louis XVI en bronze ciselé et doré.

15 — Table de salon ovale de style Louis XVI en bois de rose et entourage en marqueterie de bois

de couleur, bandeau orné de bronzes ciselés et dorés à rosaces, rubans et guirlandes de fleurs, avec plaques en porcelaine décorée de figurines d'amour, posant sur quatre pieds à cannelures, et chutes en bronze doré reliés par une entre-jambe orné au centre d'une cassolette.

16 — Console Louis XV en bois sculpté et doré, posant sur quatre pieds, dessus en marbre blanc.

17 — Grand canapé en bois noir recouvert de damas vert capitonné et broché à fleurs.

18 — Encoignure en bois de luxe s'ouvrant à deux portes ornées de marqueterie de bois à gerbes de fleurs, dessus en marbre brèche d'Alep. Époque Louis XVI.

19 — Cabinet en racine de bois et marqueterie, le corps du haut supporté par deux colonnettes car-rées s'ouvre à une porte, ornée au centre d'un dessin en marqueterie de bois et de nacre repré-sentant la justice, dix petits tiroirs sont disposés sur les côtés, fronton orné d'armoiries. XVIIe siècle.

20 — Bahut à hauteur d'appui en ébène sculpté, s'ouvrant à une porte et orné de marqueterie d'ivoire à sujets dans le goût de Bérain. Travail de PAULIANI.

21 — Glace avec cadre ovale en bois sculpté et doré, fronton à rocailles feuillagées.

22 — Commode Louis XVI s'ouvrant à deux tiroirs, le devant en ressaut, en bois de luxe et marqueterie, ornée de bronzes ciselés et dorés, dessus en marbre.

23 — Guéridon Louis XVI, ovale en bois laqué rose, orné de bronzes ciselés et dorés à guirlandes de fleurs et têtes d'enfants, dessus en marbre.

24 — Paravent Louis XVI à quatre feuilles en bois sculpté et doré, et gaine de souro, avec petites glaces biseautées dans le haut.

25-26 — Deux consoles Louis XVI, de forme demi rondes, dessus en marbre, surmontées de leurs trumeaux ornés de glaces.

27 — Guéridon rond Louis XVI en bois sculpté et doré, dessus en marbre.

28 — Bergère Louis XVI en bois sculpté et doré couverte en soierie.

29 — Guéridon Louis XV, forme rognon en bois de luxe et marqueterie orné de bronzes dorés.

30 — Ameublement de salon en bois sculpté et doré, style Louis XVI, composé d'un canapé, deux fauteuils et deux chaises.

31 — Mobilier de salle à manger en acajou ciré orné de bronzes dorés, style XVIIIe siècle, composé

d'un buffet crédence, une table et huit chaises couvertes en drap.

32 — Quatre chaises en chêne naturel, couvertes en velours vert frappé.

33 — Deux sièges forme X en noyer sculpté avec coussins.

34 — Mobilier de salle à manger en noyer sculpté et ciré, composé d'un buffet bas ouvrant à quatre portes, une table, quatre fauteuils et quatre chaises.

35 — Ameublement de chambre à coucher en palissandre ciré de style Renaissance, composé d'un lit de milieu, d'une armoire à trois portes à glaces et une table de nuit.

36 — Petit bureau de dame en bois de citronnier et marqueterie, surmonté de petits casiers séparés par un châssis à quatre glaces, travail anglais.

37 — Fauteuil en bois sculpté du temps de Louis XIV, garni en ancienne tapisserie au point.

38 — Fauteuil de bureau en bois verni couvert en satinette verte, travail anglais.

39 — Fauteuil de bureau d'époque Louis XV, garni de canne.

40 — Commode à trois tiroirs en marqueterie de

bois, poignées et entrées de serrures en bronze.
Epoque Louis XIV.

41 — Petit bureau de dame en acajou avec galerie
et porte-photographies en peluche verte.

42 — Deux fauteuils en bois sculpté, dossiers à
gerbes avec coussins en toile décorée de fleurs.

43 — Deux fauteuils en acajou marqueté, garnis
l'un en reps broché, l'autre en satinette verte.
Style anglais.

44 — Paravent à trois feuilles en bois d'acajou
découpé garni en soie verte.

45 — Fauteuil en bois sculpté peint blanc garni en
velours frappé jaune. Époque Louis XVI.

46 — Petit fauteuil d'époque Louis XVI en bois
sculpté et peint, garni de velours rouge.

47 — Chaise en bois doré, style Louis XIV garnie
en soie crème brochée à fleurs.

48 — Ecran en bois sculpté de style Louis XIV,
feuille en ancienne soie brochée.

49 — Grand fauteuil en noyer sculpté, style Louis
XIV, couvert en ancienne brocatelle rouge.

50 — Fauteuil en palissandre garni en reps broché
fond vert.

51 — Deux chaises en chêne sculpté style Louis XIV garnies de canne, l'une d'elles avec coussin de velours rouge.

52 — Chaise caqueteuse en bois sculpté. Style xvie siècle.

53 — Commode de style Louis XV en bois fond vert, travail de pirogravure représentant des pivoines au milieu de rinceaux feuillagés et de fleurs, œuvre de G. MARQUE.

54 — Gaine de style Louis XVI en acajou ornée de bronzes ciselés et dorés.

55 — Secrétaire en bois rose et en marqueterie Louis XVI garni de bronzes.

56 — Ameublement de chambre à coucher en noyer sculpté de style Louis XVI composé de : une armoire à deux portes à glaces, un lit de milieu et une table de nuit chiffonnière.

57 — Meuble de salon en bois doré recouvert en soie rayée rose de style Louis XVI composé de : un canapé, deux bergères, deux fauteuils et deux chaises.

58 — Table en chêne sculpté de style Louis XVI, dessus en marbre rouge royal.

59 — Bois de chaise sculpté dossier à lyre. Epoque Louis XVI.

60 — Bois de fauteuil sculpté Louis XV.

61 — Bois de fauteuil sculpté de même époque.

62 — Lit en acajou orné de bronzes.

63 — Toilette poudreuse en acajou et marqueterie à filets. Époque fin Louis XVI.

64 — Bureau à la Tronchin en acajou Louis XVI.

65 — Pannetière en bois sculpté.

66 — Bois de fauteuil d'époque Louis XV sculpté.

67 — Tabouret forme X en bois doré, style Ier Empire couvert en blanc.

68 — Bergère en bois sculpté et doré, style Régence garnie en ancienne soie brochée fond vert.

69 — Bois de bergère en bois sculpté et doré de même style.

70 — Canapé-causeuse en drap bleu orné d'applications et de broderies dans le goût chinois.

71 — Petit fauteuil bois doré style Louis XV garni en anciennne soie brochée fond vert.

72-73 — Trois bois de bergères Louis XVI peintes en blanc.

74 — Bois de fauteuil Louis XVI peint vert d'eau.

75 — Lit annamite à colonnes en bois de fer sculpté panneau incrusté de nacre, sur pieds à figures de hiboux, quatre coussins en soie servant de matelas et rideaux en gaze de soie bleue.

76 — Meuble médailler en acajou et marqueterie de bois.

77 — Meuble de salon de style anglais garni en reps vert à décor de feuillages composé de : un canapé, deux fauteuils et deux chaises.

78 — Servante en noyer sculpté à cariatides d'hommes.

79 — Meuble étagère formant cabinet en bois noir et palissandre incrusté de nacre. Style chinois.

80 — Table bureau en bois noir ornée d'incrustations d'ivoire.

81 — Secrétaire de même travail.

81 — Chaise de bureau analogue.

83 — Vitrine en noyer sculpté de style Louis XV.

84 — Commode en acajou à filets de cuivre. Style Louis XVI.

85 — Commode en marqueterie de bois ornée de bronzes. Style Louis XVI.

86 — Vitrine de même style décorée, genre vernis Martin.

87 — Glace psyché de style Renaissance en bois de noyer, montants à tiroirs.

88 — Toilette de même style en noyer sculpté et ciré.

89 — Fauteuil et deux chaises en noyer garnie en soie viel or.

90 — Chambre à coucher de style breton en vieux chêne sculpté, composée d'un lit avec sa literie de milieu, d'une armoire à glace, d'une table de nuit, d'une chaise, d'une armoire à deux portes.

91 — Meuble de salon modern style couvert en velours Liberty, composé d'un canapé, deux fauteuils et deux chaises.

92 — Deux grands miroirs florentins en bois sculpté et doré avec glaces biseautées.

93 — Deux pupitres tables FERRÉ avec crémaillères.

SCULPTURES

94-95 — Quatre jolis groupes d'enfants en marbre blanc, allégoriques aux saisons.

96 — Beau buste en marbre : le duc de Noailles, habillé en riche costume Louis XIV, œuvre importante.

97 — Très beau buste en marbre représentant Flavio Orsini en costume de l'époque.

98 — Beau buste en marbre représentant Charles Ier en costume d'apparat.

99 — Magnfique buste en marbre représentant Louis XIV en costume de cour, œuvre importante.

100 — Buste en marbre : Diane, socle en spathfluor.

101 — Buste de Benvenuto Cellini par GRANGÉ COLOMBO, marbre.

102 — Buste de femme par CARRIER-BELLEUSE, marbre blanc.

OBJETS D'ART

103 — Grande potiche en ancienne porcelaine du Japon fond bleu, rouge et or, avec cartels réservés à fleurs, couvercle surmonté d'une figurine.

104 — Potiche en ancienne porcelaine du Japon, décor en bleu, rouge et or à cartels et lambrequin.

105 — Deux petites potiches en ancienne porcelaine

du Japon, décor à branchages fleuris en bleu, rouge et or, couvercles surmontés de coqs.

106 — Bouteilles en ancienne porcelaine de Chine céladon bleu turquoise marbré.

107 — Vase formé par une bouteille en ancienne porcelaine de Chine fond gros bleu, monture en bronze ciselé et doré.

108 — Paire de chenêts en bronze Louis XVI représentant des enfants dauphins sur des balustrades à draperes.

109 — Deux potiches en porcelaine de Chine fond jaune impérial à décor en émaux de couleur offrant des dragons au milieu de branchages fleuris.

110 — Deux bouteilles en porcelaine, décor à personnages en émaux de couleur.

111 — Paire de petits cornets en porcelaine de Chine décor à personnages.

112 — Deux lampes en porcelaine fond bleu rehaussé, décorées de médaillons à fleurs et scènes d'amours, monture en bronze ciselé et doré.

113 — Paire de petites potiches en Satzuma, décor à personnages.

114 — Paire de potiches de forme carrées en Satzuma, décor très fin à personnages, pagodes et branchages fleuris.

115 — Buste en terre cuite représentant Lamoignon.

116 — Plat Louis XV en étain ciselé à rocailles fleuronnées.

117 — Légumier Louis XVI en étain.

118 — Saucière en étain.

119-120 — Quatre petites statuettes en bronze représentant les Saisons.

121 — Statuette en bronze : la Chanson.

122 — Cheval de course en bronze, de BARYE fils.

123 — Statuette en bronze : Mercure, socle en marbre.

124 — Pendule Louis XVI en bronze ciselé.

125 — Paire de chenets Louis XVI en bronze ciselé et doré.

126 — Deux candélabres en bronze formés par des figurines de femmes portant des branches de lumière.

127 — Deux statuettes en bronze : Soldats de la République, signés DUMEIGE.

128 — Paire de vases en porcelaine, montures en bronze ciselé et doré.

129 — Jardiniére en marbre et bronze.

130 — Suspension de style Louis XV en bronze à douze lumières préparées pour l'électricité.

131 — Bronze de Barye : Panthère.

132 — Statuette en bronze : la Jeunesse, par Chapu, édition Barbedienne.

134 — Pendule et deux candélabres en bronze ciselé de style Louis XIV.

135-136 — Quatre appliques en bronze ciselé de style Louis XVI, garnies de cristaux.

137 — Deux appliques en bronze de style Louis XVI, garnies de cristaux.

138 — Paire de vases en porcelaine décorée, genre Sèvres montés en bronze.

139 — Groupe en terre cuite à figure de femme orientale soutenant une branche de fleur avec lampes électriques.

140 — Une caisse en bois peint rehaussé d'or, deux trompettes, un porte-voix chinois.

141 — Trois coupe-coupe.

142 — Deux drapeaux de Pavillons noirs.

143 — Une pique, deux arbalètes et trois sabres chinois.

144 — Costume de mandarin en soie et mousseline.

145 — Trois chapeaux de pirates.

146-147 — Quatre éventails en forme d'écrans garnis de plumes.

148 — Deux allume-feux.

149 — Un tube de Narghifé.

150 — Lampe en faïence chinoise décorée.

151-152 — Cinq panneaux anciens en bois laqué noir a inscriptions et ornements en nacre.

153 — Panneau ancien en bois de fer peint et sculpté rehaussé de dorures.

154 — Deux boutons d'oreilles, perles fines, montures à vis.

155 — Huit pièces montures de colliers en or.

156 — Cent pièces: pierres de couleur, cristaux de roche, strass, coraux, etc.

157 — Bloc en cristal de roche taillé à facettes.

158 — Deux plaquettes en bronze : Portrait de Louis XV et allégorie aux arts.

159 — Deux sphinx pour chenets et soleil en bronze.

160 — Sabre et poignard. Travail mauresque ancien.

161 — Flambeau sur trépieds en bronze doré.

162 — Groupe terre cuite : Amour fuyant Vénus. Signé ALICE RIO.

163 — Buste terre cuite : Pierrette. Signé MARIO ARTHUR.

164-165 — Deux croisées garnies de vitraux peints de style ancien.

166 — Encrier en composition surmonté d'un aigle aux ailes déployées.

167 — Glace de style Louis XV, cadre à rocaille en bronze argenté.

168-169 — Deux miniatures sur ivoire : portraits de femme.

170 — Miniature rectangulaire sur ivoire : Nymphes au bain.

171 — Service à dessert en porcelaine décorée de scènes champêtres dans le goût du XVIIIe siècle,

bordure rose ajourée, composé de trente et une assiettes, huit compotiers et deux sucriers.

172 — Suspension de salle à manger nickelée à seize lumières de la maison SCHLOSMACHER.

173 — Lanterne d'antichambre nickelée avec verres de couleur.

TAPISSERIES, TAPIS

TENTURES

174 — Grande tapisserie de FELLETIN : verdure animée de volatiles avec vue de château en perspective, bordure à fleurs et ornements.

175 — Tapisserie verdure avec petits personnages, bordure à fleurs. XVIIIe siècle.

176 -- Tapisserie dite verdure avec sa bordure.

177 — Pente en tapisserie à attributs avec allégorie au Loup et à la Cigogne.

178 — Tapisserie ancienne à personnages, bordure à fleurs et rinceaux.

179 — Panneau en ancienne tapisserie an point à sujet religieux.

180 — Décor de lit et de fenêtre en soie vieil or.

181 — Grande portière en broderie et application de soie de couleur représentant un paysage animé de nombreux personnages se livrant aux travaux champêtres, bordure à fleurs en application de soie et de velours.

182 — Panneaux en imitation de tapisserie.

183 — Tapis d'Orient fond bleu foncé à petite dessins polychromes.

184 — Chemin d'Orient fond bleu à grand dessin polychrome.

185-186 — Quatre petits tapis d'Orient à dessins variés.

187 — Tapis de table en drap marron.

188 — Deux portières orientales en broderie.

189 — Deux rideaux en satin rouge brodé dans le goût oriental.

190 — Décor de tente orientale composé de plusieurs rideaux.

TABLEAUX, GRAVURES

BOUCHER (Genre de)

191 — *Nymphes, amours et colombes dans des nuages.*

Deux jolis dessus de porte.

BOURDON (Sébastien)

192 — *Rachel.*

Scène biblique.

CARAT (Francisque)

193 — *Vues de Paris.*

Deux aquarelles.

CHAPLIN

194 — *Etude de femme.*

Dessin à la sanguine rehaussé de blanc.

DÉMAITRE

195 — *Vue de Constantinople.*

Quatre aquarelles.

GRYFT (A.)

196 — *Paysages et animaux.*

Deux tableaux se faisant pendant, cadres en bois sculpté.

KAREL-DUJARDIN

197 — *L'Abreuvoir.*

LUCKHARDT (F.)

198 — *La Promenade au bois.*

MARQUET (G.)

199 — *La Ronde d'enfants.*

Grand tableau.

200 — *L'Ange gardien.*

QUINET (PHILIPPAR)

201 — *La Danseuse.*

202 — *Le Tub des enfants.*

STEVENS (A.)

203 — *Marine.*

THOMAS

204 — *Caricature d'Offenbach.*

Dessin.

ECOLE ALLEMANDE

205 — *La Vierge allaitant l'Enfant Jésus.*

206 — *Le Christ à la colonne.*

207 — *Le Philosophe.*

ECOLE FRANÇAISE DU XVIIIᵉ SIÈCLE

208 — *Portrait de jeune femme.*

ECOLE FRANÇAISE DU XVIIIᵉ SIÈCLE

209 — *Pastorale.*

Cadre ancien en bois sculpté.

ECOLE ITALIENNE

210 — *Le Christ et les Anges*

ECOLE ITALIENNE

211 — *Portrait d'homme,*

Cadre en bois noir.

ECOLE DU XVIIIᵉ SIÈCLE

212 — *Portrait ae femme.*

Pastel.

ECOLE DU XVIᵉ SIÈCLE

213 — *Portrait de femme en collerette avec collier de perles et fleurs dans les cheveux.*

Cadre en bois sculpté et doré.

214 — Gravure ancienne : *La Vertu est digne de l'Empire du Monde.*

215 — Gravure ancienne en noir : *Les Adieux de Louis XVI à sa famille.*

216 — Deux gravures en couleur d'après LAVREINCE; *La Leçon interrompue; Le Déjeuner anglais.*

210 — Gravure ancienne en noir : *La Glaneuse.*

218 — Objets omis.